arc-en-ciel
cascade

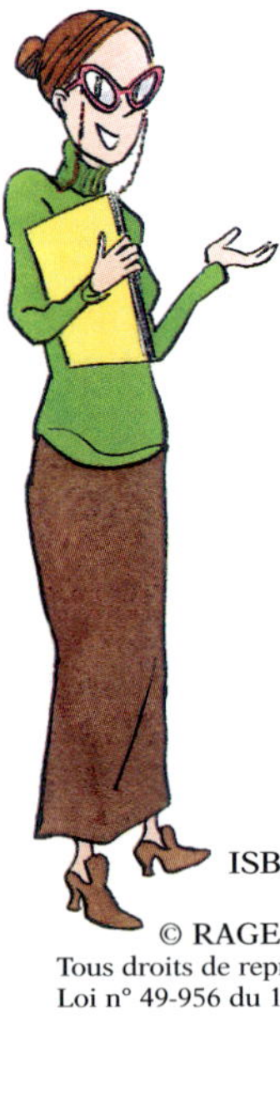

ISBN 978-2-7002-3204-2 • ISSN 1142-8252

Loi n° 49-956 du 16-07-1949 sur les publications destinées à la jeunesse.

L'école d'Agathe

Texte de Pakita
Images de J.-P. Chabot

Océane tête en l'air

RAGEOT • ÉDITEUR

Vous connaissez Océane ?
Non, ce n'est pas une sirène.
C'est une super copine !

J'adore son prénom ! Parce que, dans Océane, il y a océan et moi, j'adore aller à la mer me baigner.

Tandis qu'Océane, pas du tout ! Elle déteste la piscine. Forcément, quand on y va le mardi avec l'école, elle oublie toujours son maillot de bain, sa serviette ou son bonnet.

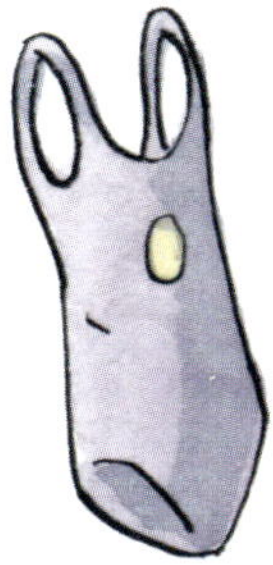

– Océane, où est ton maillot, ton livre de lecture, ta serviette, ta trousse, ta flûte, ta peinture ? lui demande tous les jours la maîtresse.

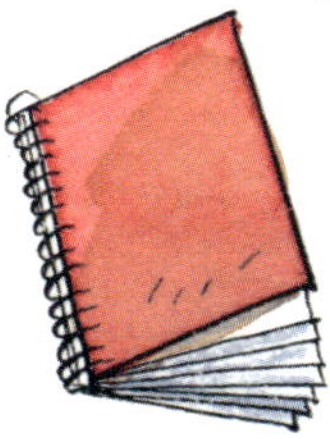

Et chaque fois, Océane répond :

– Oups ! J'ai **oublié !**

Parce qu'Océane **oublie** tout !

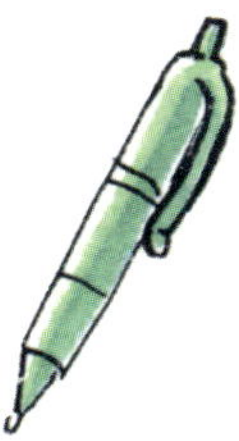

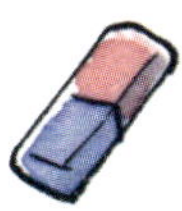

Il n'y a pas qu'en classe qu'Océane **oublie** tout, à la récré c'est la même chose !

Par exemple ce matin, Chloé, Guillaume, Océane et moi, on jouait au loup.

Guillaume a touché Océane.

– Touchée ! C'est toi le loup !

Chloé, Guillaume et moi, on a couru partout pour qu'elle ne nous attrape pas.

Tout à coup, je me suis retournée pour voir si Océane me poursuivait et là, surprise de surprise, qu'est-ce que je vois ?

Océane en train de sauter à la corde avec Clara !

– Mais Océane, c'est toi le **loup !** Tu dois courir après nous !

Océane m'a répondu :

– Oups ! J'ai **oublié !**

Océane **oublie** tout. Il n'y a qu'à la regarder le matin quand elle arrive à l'école. Elle n'a qu'une seule tresse, elle a **oublié** de faire l'autre, ou une seule chaussette. Ou pire, un jour, elle est arrivée en CHAUSSONS ! Quand Zizette le lui a dit, elle a répondu en riant :

– Oups ! J'ai **oublié** de mettre mes chaussures !

Car Océane ne se vexe jamais !

La seule chose qu'Océane n'**oublie** pas, c'est d'être polie ! Elle dit toujours bonjour, au revoir, merci.

L'autre jour, on est allés à la bibliothèque avec la classe.

– Bonjour madame, a dit Océane, je voudrais euh... oups ! Excusez-moi, j'ai **oublié** le titre ! Au revoir madame !

Et Océane est partie **sans livre.**

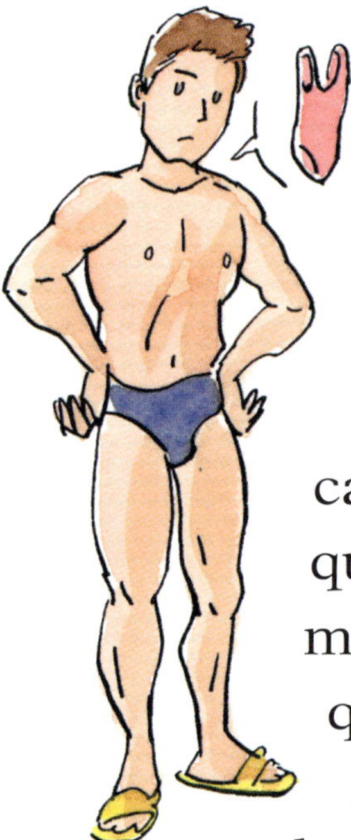

À l'école, à cause de ses **oublis,** Océane est devenue la reine des punitions. *Privée* de récréation quand elle a **oublié** son cahier, *privée* de piscine quand elle a **oublié** son maillot, *privée* de gym quand elle a **oublié** son short de sport.

Un soir, Océane a même dû recopier dix fois à la maison : **« Je ne dois pas OUBLIER ma trousse. »**

Le lendemain, elle avait bien apporté sa trousse mais… Oh non, elle avait **oublié** sa punition !

– Maîtresse, je l'ai faite, c'est promis ! Vous pouvez demander à maman ! a dit Océane.

– Je te crois, Océane, mais comme tu ne peux pas me la montrer, tu copieras dix fois à la maison : « Je ne dois pas **OUBLIER** ma punition. »

Grrrrrrr ! Pauvre Océane !

Hier, Océane est arrivée à l'école toute joyeuse.

– Aujourd'hui, je suis sûre de ne rien avoir **oublié.** J'ai préparé mes affaires à l'avance ! Avant de dormir, j'ai mis dans mon cartable **mon livre de lecture, mon carnet de mots, ma trousse,** et ce matin, j'ai tout **vérifié.**

– Tu as **oublié** de m'apporter un paquet de bonbons, a dit Maxime pour rire.

On était vraiment contents pour Océane. Pour une fois, elle ne serait pas *punie.* C'est vrai quoi, Océane ne fait jamais exprès d'**oublier !**

Soudain, Tom lui a demandé :

– Océane, où est ton **cartable ?**

Catastrophe de catastrophe ! Vous avez deviné quoi ? Océane avait **oublié** son **cartable !** Son **cartable** avec toutes ses **affaires de classe** dedans !

Océane s'est écriée :

– C'est impossible ! Il était tout près de mon lit quand je me suis couchée, dans la cuisine quand j'ai pris mon petit-déjeuner, dans la salle de bains quand je me suis brossé les dents !

– Il faut faire une **enquête !** s'est exclamé Nicolas qui veut être **détective.** Océane, quand as-tu vu ton **cartable** pour la dernière fois ?

Quand tu es montée dans le bus pour venir à l'école ? Quand tu es entrée dans la cour ?

Mais Océane avait **oublié.**

– Alors **cherchons** partout ! Dans le préau, derrière le tilleul, sous le toboggan ! Quelqu'un l'a peut-être **caché.**

On a tous **cherché** le **cartable** d'Océane, mais on ne l'a pas **trouvé.** C'est sûr, elle l'avait **oublié** chez elle !

– Mademoiselle **Joublitou,** si tu continues comme ça, un jour, tu **oublieras** ta tête ! a dit madame Parmentier, avec un air fâché.

Terrifiée, Océane l'a regardée et elle s'est écriée :

– Oh non, maîtresse, je ne veux pas perdre ma tête !

La maîtresse a éclaté de rire alors nous aussi.

– Océane, **« oublier sa tête »** est juste une expression. Cela veut dire qu'on est tête en l'air, étourdie, comme toi ! Il faut que tu fasses plus **attention** à ce que tu fais, c'est tout.

– D'accord, maîtresse ! a répondu Océane.

Mais à la récréation, elle était encore inquiète. Alors on s'est donné rendez-vous avec les copains sous le tilleul.

– Si on veut qu'Océane ne soit plus punie, il faut qu'elle soit moins tête en l'air. On doit trouver comment l'aider, a déclaré Audrey. Qui a une idée ?

J'ai levé le doigt.

– Chaque fois que ma mamie veut se **rappeler** quelque chose, elle fait un nœud à son mouchoir !

– On pourrait aussi faire un dessin sur son bras, a proposé Aziz qui adore dessiner.

– Vous avez d'autres idées ? a continué Audrey.

– Pour se rappeler quelque chose, Océane peut se faire un bracelet avec un bout de laine, a dit Coralie qui aime les bijoux. Comme ça, si elle doit se rappeler TROIS choses, elle aura TROIS bracelets. En plus, ce sera joli.

Juste avant la sortie, la maîtresse nous a demandé de ne pas **oublier** notre carnet de mots et notre short de gym pour le lendemain.

Aussitôt Aziz les a dessinés sur le bras d'Océane, et Coralie lui a noué des bracelets autour du poignet. Comme Océane n'avait pas de mouchoir, je lui ai prêté le mien.

Ce matin, dès qu'Océane est arrivée, on s'est précipités.

– Alors tu n'as rien **oublié ?**

– J'ai apporté mon short mais l'autre chose, c'était quoi ? a demandé Océane. Je savais que les bracelets et le mouchoir voulaient dire qu'il y avait DEUX choses à apporter, mais je ne me souvenais que d'UNE et les dessins s'étaient effacés !

Oh nooOOON !

On s'est regardés. Que faire pour qu'Océane ne soit pas punie ?

Soudain, j'ai sauté en l'air.

– J'ai une idée ! Océane, tu ne dois pas écouter. C'est une surprise. Les autres, approchez-vous ! Psssssss psssss psss...

– Extra ! Super ! Génial !

Je dois vous dire que j'étais fière de moi.

En classe, on sortait nos affaires quand j'ai déclaré :

Mais la maîtresse ne nous écoutait pas, elle fouillait partout sur son bureau.

– Ça alors ! J'ai **oublié** mon livre d'exercices !

– Vous avez attrapé ma maladie du **joublitou,** maîtresse, a dit Océane avec un sourire malicieux.

– Tu as raison, Océane ! Je suis **tête en l'air,** a répondu madame Parmentier en riant. Et toi, qu'as-tu **oublié ?**

– **Mon carnet de mots,** maîtresse, mais j'ai apporté **mon short !**

Madame Parmentier l'a félicitée.

– Bravo, tu as pensé à UNE chose sur DEUX, c'est un vrai progrès, Océane !

Oups ! Il est tard ! Après l'école, Océane est venue jouer et dormir chez moi.

– Dis Agathe, ton idée pour que je ne sois pas punie, c'était de faire croire à la maîtresse que vous aviez tous **oublié** quelque chose ?

J'ai répondu oui, alors Océane m'a fait un bisou.

– Tu es une super amie, Agathe ! Je ne l'**oublierai** jamais. Bonne nuit !

L'école d'Agathe

Achevé d'imprimer en France en juin 2008
par I.M.E. - 25110 Baume-les-Dames
Dépôt légal : août 2008
N° d'édition : 4739 - 01